寻找踏水村指南

In Search of Tashui Village: A Guide

沈至 著

江苏凤凰文艺出版社
JIANGSU PHOENIX LITERATURE AND ART PUBLISHING

图书在版编目（CIP）数据

寻找踏水村指南 / 沈至著. —南京：江苏凤凰文艺出版社，2023.8

ISBN 978-7-5594-7502-2

Ⅰ.①寻… Ⅱ.①沈… Ⅲ.①诗集—中国—当代 Ⅳ.①I227

中国国家版本馆CIP数据核字(2023)第013785号

寻找踏水村指南

沈　至　著

出 版 人　张在健
策划编辑　于奎潮
责任编辑　孙楚楚
装帧设计　李　扬　王　灿
责任印制　刘　巍
出版发行　江苏凤凰文艺出版社
　　　　　南京市中央路165号，邮编：210009
出版社网址　http://www.jswenyi.com
印　　刷　苏州市越洋印刷有限公司
开　　本　787毫米×1092毫米　1/32
印　　张　3.75
字　　数　100千字
版　　次　2023年8月第1版
印　　次　2023年8月第1次印刷
标准书号　ISBN 978-7-5594-7502-2
定　　价　52.00元

和我一起读这样一首诗指南

动筷子时,能生吞的才叫诗。
你接受偶尔的异样,
但不执着于平滑。
有时候,你甚至以为是
尝到了大海的味道。
坐在火车上,你的想象比牛羊慢。
我知道,你一般去动物园
也不看龙:因为它比你更熟悉
栏杆的位置。风在那里,
你伸手,就可以给高原的心悸打分。
那里,灯光的缺乏正趋于完美。
有一点很重要,我想你明白:
冲向虚无抵抗阵线时,
你骑单车,而我骑的是马。
如果我说我有望远镜,
你还愿意把永恒当作跑鞋吗?

2020.11

目录

辑一　暂时和你说再见指南

辑二　比喻来自午夜的失眠指南

辑三　把黄鹤楼写成一首诗指南

辑四　必要的高悬指南

那么请接受这最后的致意指南

辑一　暂时和你说再见指南

去而复返指南

你写雨写了太多次,很难再和人
步调一致。夏天溃散了,
一地流动的诚实。
平淡沾湿了平淡的叶子。
惊喜已经十分可疑,但你说,
这并不妨碍他们宣誓,
湿漉漉的,明天的身子
挤在你身边,尤其,
当广场从天掉落,我们也可以
学会埋头,你的失落广告牌
有镀铜的蛛丝。一个男人
穿着拖鞋从雨中出走,
收音机念他的名字。
让收音机念他的名字。
拨开人群,第一次,
你触碰整个四季,
四只气味的高音喇叭
看守四条不烫脚的小径。
太挤了你要走向边缘。
边缘,你每天变换一个地址。

2021.8

回到出生的地方指南

回到出生的地方,好让他们收割
你的愤怒,多年来的第一个秋天
向玻璃过渡。就像把手伸向暗处,
就有抓住猫尾巴的你年幼的眼神,
你的眼神里,报纸是世界的全部。
而好多人埋着头,看他们手上的
镜子,那里不时蹦出彩色的尖刺,
在这个亚热带城市,你不穿外套
在街上行走,血顺着手就滴下来,
像是投石问路:你曾向往过没有
蚊子的生活。在城郊的玉米地里,
趁我们不注意的时候,高楼疯长:
如同汗毛竖立,警觉水一般漫延
的黑色愿望。或者说,它是某种
规训,让你以略快于心跳的速度
把说过的话再说一遍,于是日子
就又过了一天,世界就变得很小,
未来就变成了一根牙签。它伸进
因塞满谎言而张大了的嘴,指向
肾脏里那些辉煌的结晶:你怀念
汽水像怀念一条清澈的河。流动

的不会成为土。回到出生的地方，
糖已经变质，它成为石块，冬天
传颂者们挥舞的塑料道具。你在
各式各样的道具中，选择拿一颗
冰糖放进嘴里，不算甜也不算苦。

2020.11

寻找踏水村指南

能做的,就是找到那条河。
它宽阔且湍急,即使那多半
是因为我年幼的瘦弱。
钻出洞子口,我们像一把
伸入沙河源的钳子,右手边的
牙科诊所,你第一次连根拔起的痛;
左手边,那被绿栏杆围住的——
朋友,你说是,那它就是,
即使水清得能看到河底的石头。
我记得的与你不同。
那个弃婴溺亡的下午,姥姥
给我一块拴着红线的玉,
让我至今不会游泳。多少次
在欲望面前我抬不起头:
道德,也就是我的乡愁,踏着水,
穿过雨后新起的浊流。它追逐
一只手的重量,它的神秘主义,
神秘于如今地铁开过春天,而母亲
曾经用春天抚摸过我的头发。
我记得另一座标志性建筑:
蓝顶水塔。真的,回家路上,

多少次,我在立交桥顶端瞥见
它和飞碟的短暂重叠——
而我又折叠过多少午后的彩页。
枣红色大门的背后,花园
用缝隙测量过我对海的渴望——
我窥视过我的一生:
门外,整整齐齐的海马部队,
每晚搬运睡去的人们。

2021.2

种薄荷指南

你送种子给我时可能不知道，
它象征美德或永久的爱。这里边
有些张力，或者矛盾，刚刚好
就是夏天拿它泡水的味道。
它茎叶的纹理止步于回味的巧妙。
它的苦涩很克制，克制得
也有点苦涩，如果你的嘴唇
迟疑片刻，那么轻轻一嗅，
它的孤傲的确很醒脑。
它与气泡的结合擅长弹奏小调：
黑键上，手指一不小心
就跳过了五月，甚至
那些出汗的季节。它的休眠
难忍梦的潮湿而开裂。
很难说，在种下它之前，
我是否已决心做个不开花的人；
但没猜错的话，雨季过后，
每道绿油油的锯齿，都掩护了
花萼曾紧咬过的一些复杂的
逃跑。你知道，其实我不介意
一些土住进我的指缝里：

根须埋进花盆的碉堡，显得
好像整洁比失落还重要。

2021.5

暂时和你说再见指南

你有点像粉色天空下的游乐场。
孩子们白天跑过的阴影浓郁。
就在刚才,我骑车路过一长排彩灯,
好多人在灯下吃饭,递碗,
我小心得几乎要屏住呼吸,
就好像他们轰隆隆生活的味道
还会留在我的衣服上。他们会说,
“这是首温柔的诗”,在这个温柔的冬日,
下午我才散过步,路过公园,
那里的椅子可以旋转。我在树下坐着
读诗;我看着狗主人给她的狗拍照,
每张照片的太阳都来自我们身后的日子。
我们身后,还有长了腿的风筝。
它永远在我们的视线中踏空,
就像我屡屡踏空在未来全然的陌生里。
所幸当清晨轻盈于清晨的陌生,
乌云醒来,已在我们胸中烧过一次。
放心,当我赶赴熊的野餐,
我不会提起,和你相处那些天
你几次踩痛我的影子。

2021.2

加点盐指南

一罐可乐,可以让红色很甜蜜。
大胆一点干脆就忘掉过去。
淋在鸡翅上,也不是不能煮,
但火候稍过,你马上就能尝出危险的
隐喻。所以,我们还是加点盐,
提个鲜,事关味觉,不能很轻易地,
就让你给协调和无聊画上了等号:
想过没有,我们的祖先怎样
学会了盐的功效,第一个
在祭祀礼上取下面具——
神性,我敢说,肯定不是甜的。
你当然不是一个跳舞的人,
但你硬说它是乐山烧烤我也胃疼。
也行,你我间谈话的缝隙,
大概率只能用八角和花椒抹平。
既然都是舶来品,要不再加点咖喱?
收汁时,还要再倒杯奶油,
但是不是脱脂的,还要等今年
正午的阳光来调查清楚:很遗憾,
此后,夏天应该会比你的血还黏稠。
好在,好在这并不妨碍你去吃冰淇淋;

但你记得吗？那往往是泪水挣来的
食物。撞破了膝盖流了血的下午。
我怀念彩虹色棒冰，香精冷漠但清澈，
简直像我们刚刚看完动画片就遇见
机器人。那时我还分不清
土豆和洋芋。那时父亲做的菜
还没咸到无法下咽。那时的我常常
用舌头舔舐我黏糊糊的胳膊。
说起来汗和泪尝起来都是咸的。
我想这应该不是巧合。你觉得呢？

2021.6

小寒潮指南

小寒潮恰逢你我面目宁静。
小耳朵持日历排队,戴帽子,
游历体温的废墟。你已经
理解了灰色和它的狡猾,
飞机与天的默契,那此时
沿河散步,就不能算是另辟蹊径。

几个中年人穿上外套布阵钓鱼;
有人在远方的房间煮水银。
你的脚步折叠了水泥路,
颧骨被风划过像是风格练习。

城市边缘,一块银幕荒凉
得认真;躲在后面,一张脸
见证了寒意的真诚。你不在乎
我们被雕琢成什么样子,你眼睛
睁开像一个年轻的赌神。

2022.1

西南之南指南

你不相信:此去多少里
都是面面相觑的风物,塌鼻梁
不塌风度,很扁平
很小心,生怕惊扰大河拐
大弯的尺幅。以至于
我都愧于我胸中的涵洞
偶尔有野鸭游过:
善男信女的手擅长纤细
的工作,我刻意寻找
少年身上橙黄的蹼。你看,
苍山就在窗外,我们
住得这么矮,雨中
脖子一抹抹的白,
多少把黑伞,移动中的
风眼,至少三种单薄
望眼欲穿。数数一路我们
路过多少扇门,教堂
酒吧古董店,屋檐滴落
他们灰蒙蒙的营生。
拐过人民医院,上石板路
你就哭了,体内石子四处散落。

你脸上全是雾，安静得
像是伸手就能穿过。这里
离一切都远，远在弥漫，
我们的衣服随时都是湿的。

2022.4

雨天的施工指南

刚刚,装修队,在楼上用锯子
卸下了我耳朵背后的半块
木头。今天雨大,它刚刚膨胀过。
所以我才说,一定有人也曾在你耳后
同样的位置,用塑料琴弓给狡黠
画上过句号。虽然它有点小。
午睡像不断损耗的香皂。显然,
你的失误,在于你撩起午后的散发时,
不小心透露了雨后翅膀的气息。
这里说的,是麻雀,也可能是白蚁。
我觉得这取决于新玻璃的透光度;
如果你不同意,那说明你比你
耳底的海草更耐得住寂寞。
一句题外话:麻雀和我们一样,
出生就习惯听云上的人打鼓。
比如阳台上的那两只,这一会儿,
像等待榔头的两颗钉子:暴雨
往往会引诱这样一种焦虑。就好像
等闷热褪去一切都会是崭新的——
怎么,你也不满足于我们身上的汗
都努力模仿油漆对明亮的模仿吗?

闪电以后，他们就要装射灯了。
在一种新材料的天花板上。他们
没介意过我是第一个入住。
下一步，他们还要抹白承重墙，
给浴室也装上新风系统。
我俩明白就行：就事论事，
其实是我们比他们还要在意不朽。

2021.5

辑二　比喻来自午夜的失眠指南

错误的集会指南

我所有的秘密在城市上空聚集，
商量着半夜下雨。星期六，
被我所有的错误淋湿的，
往往是那个撑伞的人。我猜
这也就包括了你。突然的降温
给我披上了一件透明外套。就好像
你的伞也是一个错误；路灯下，
你的步伐错得就像是在用直尺丈量狡猾。
通往地铁的小巷蜿蜒了试探，
让地铁的坦率成为另一种错误。
站名正给雨摊开的地面打上钉子；
一张鼓正在形成。你我正变得像两把鼓槌，
我猜这也是一个错误。节奏在加速，
它已快得就像我楼下就是条高速公路。
红绿灯正代表真相交换着颜色。
如果相对主义不能让我们温柔地
四目相对，那它不也就是个错误吗？
你的背影，已经让宿命错误得就好像
我永远是第二个说这句话的人。

2021.3

草上飞指南

和你一样，又不一样
我的确见过清晨的露水。
整夜我都没口渴：
现在，我埋头啜饮一棵草的
执着：它们垂直的呼吸中
有好多绒毛般窄窄的井。
我已穿越亡灵行走的森林。
你听说过的，现在我都记得，
甚至可以说，在一个瞬间，
它们扯住过我的衣角，
但抓不住我的肩膀：这也是
我第一次，用诗的方式，
把自己绑在太阳风筝的线上，
我得赶在鲜花开始鼓掌前
跑到蝉声的前面，千里快哉——
你装滑翔翼也追不上我：
风起之时，我已有大气象。

2021.6

我们一箭射向永恒的生命指南

首先，你得假设，绝对和轻盈之间
有不言而喻的共性。要不然，
说到永生，天堂和噩梦
就都会变成永不散场的足球赛。
你和时间，最多就打成平局。
而我的意见，是最好不要
把宇宙塞进一个冰箱，但理由
绝不仅仅是我们的味觉
只能品尝失去。盐，
同样是种保鲜剂，刺痛伤口
也让人回到古代。明天你醒来，
身体如一张沉睡的弓。
你不是缺那根弦、火箭或者
月亮的靶心，而是银河
并没有你想象的对面，
没有星桥承载你横渡的蓝图。
所以，当你谈起未来，就只有杂技
能承载这至关重要的幻觉。
一根线，拉扯死神的指尖。其实，
钢丝恰恰是说明了一种观念：
再短，你也可以走一万年。

2020.12

游神如游丝指南

它虚弱,它也摆动,
它给你一种错觉,就好像
生活,就是随时都有风。
你甚至说不清游丝是什么:
但狡黠地,它把你送到渡口,
又或许你只是挥了挥手。
如果要停留,那么刻舟求剑
此时指的应该是一种密度;
就像我一直养着一盆必死的花,
养的是一个绿色的借口。
你不必在意绿的效用,纯洁的必要——
干净的极限,就是搬到沙漠,
露宿。一整晚,听时间的狼嚎。
你需要时,它能借刻度指向
空气中,玻璃一样酥脆的出口。
看它工作是种幸福。有时候
你抬起手腕,想起散步:
它保存着你的宿命,就像弧线
总能概括你全部的道路。

2021.1

秘密行动指南

你所有任务中最艰难的一项：
隐身。考验灵魂是否虔诚。
你的训练给了你空洞的躯体，
不穿衣服，也不留下指纹。
刺杀窗帘后，你掌握了有关
时日的全部线索，不用放大镜，
也能捕捉现实的变形。终于，
你的炸弹能巧妙地避开
所有乡愁的引擎。所有笛声
都遇见了防空警报，迷路，
为帝国敲门。白鸽叼走知了，
同一天毒药让手枪噤声。
你已胜过耳朵的丰盈；
我坐在窗前，一把仅剩的口琴。
每天我都准备新鲜的嘴唇，
如果你摸清了它叛变的证据，
必然的，你会从北方来，
带给我被拆穿的需要。

2021.10

秋末的抒情指南

你的底色可能很宽大；
毕竟你的双手，也曾金黄得
就好像此刻崭新的臃肿，
比想象中差了些重量。
自黄昏始，我们已在路上堵了
太久，但冷显然只有一个
方向。如果狡黠真的还有用，
距离“一切都是对的”，
就不会远得像玻璃窗里
你望着毛毛虫：它蠕动的姿态
让你确信，不管轮回的
许诺多么真切，幸福
都的确是从你陈旧的体温中
撤退过。外套和衬衫之间，
毛衣最擅长说谎。你编织过的，
在往复中或许有御寒的功效：
但实际上就连抒情也已不能阻挡，
从宏观看，我们都会在某一刻
处于弥漫的烟云中。
还有必要挥起你模糊的风吗？
我们已有一切理由怀疑，

这段黯淡的走廊里,我们的灰

将被用来捏塑崭新的脸庞。

2021.12

消夜指南

这几天,我越发觉得语言很像
一锅快煮烂的饺子。跟不跟你说话,
取决于晚饭究竟吃了还是没吃。
雨很勤奋,让我也想把没洗的碗
都垒在阳台上:碗底,醋和酱油的深色,
正好堵上我脾胃的漏风。我的肝累了,
它刚用力思考了轮渡和时钟。

住在顶楼的好处,是燃气很足,
灶火一旺,冰冷的锅边就学会发黑。
这几天,一双筷子把深刻演绎得很完美,
它在温吞中心制造出漩涡,舒展
一只鸡蛋的同时也舒展了我
温泉般的孤独。就好像
耐心是美德,而美德是看夜番茄
被一只蚂蚁精准地爬过。
就像纸划破手是很经常的事情,
也不需要太久才愈合。
就像你,像无形的伤口,
夜的钝器拉锯额头背后的弓。

这几天，我像个装卸工，
往卧室里搬成捆成捆的柴。
和胃口无关，这座热城已潮升如海。
当好几个你从滚涌的夜溅出来，
落在沙滩上，你们就赤着脚，
弯下身子，一边拾贝，一边用
小石子般的指节，星星点点，
敲开我睡眠的履带。

2021.4

比喻来自午夜的失眠指南

有时候，生活恰恰繁茂于
一些毛发需要不断被修剪。
在那种时候，你对耐心的比喻
统统来自午夜的失眠。
睡眠的窄门，一般只容许鲸鱼通过，
那些被挡在门外的，就只能
抱怨自己的手脚太多。也就是
在那种时候，你明白了，再偶然的
重逢，也不能让童年在你身体里
尖锐地醒来：尖锐，你记得，
磨损于你第一次看见蜈蚣。后来，
我是说后来，它又磨损于鞋带
一样的蛇。这之间还有过
几次温柔的背叛，你记起它们，
就像在雾中吮吸冬天的指尖：
今天下雪了，你还要继续
用鹅毛来比喻温度的纯洁吗？
羽绒能划定寒冷的界限，但你能
保证不翻看四季的结局吗？
如果你惊讶于迟钝的完整，
昭示未来的比喻就变得像针。

要打破你的固执,就必须热爱
你的敌人:它们把缝隙无限放大。
它们有时是你清醒的生命线。
它们现在叫电话过去叫风。

2021.1

辑三

把黄鹤楼写成一首诗指南

迷楼指南

傲慢自不必说。不拒绝，
电梯直上直下，这栋可以变化
空气的迷楼。窗外，你
以巨大的毅力悬浮。

拉下窗帘观梦，干脆做梦，
它们从我身体中逼出一些早晨：
雾。站出藏身处。
柑橘剥给了我们一个局部。
或者说引诱的祝福。

当我们寄希望于冰箱，
疲乏就迎来了它的下午。
日光透过玻璃
雕琢过于刚硬的线条，
一度弥补了道路的不足。

节奏曾占领我们，现在
引力要凭我们翻身。
巨人倒下了，它横躺着，
注视我们手脚并用地出走。

2021.5　赠致水

把黄鹤楼写成一首诗指南

小时候，我应该也去过黄鹤楼。
我童年的房间，还有木头的小模型。
搬家时我弄丢了。枣红色的塔，底座很重。
武汉那座我没印象，但我记得它，
正如我记得烟花、三月和扬州。
有些东西，重到它可以很轻，
像你我身上背负过那些词，
像从前烟花点燃的二月，一转眼就过了。
剩下的火柴，我们用来点烟。
我还不知道黄鹤楼是多少钱一包，
三月就已经快烧到了底，口舌很烫，
脚底仍然冰凉。在这条你借给我的甬道上，
扬州是一块柔软的石头，而你的话
让我相信城墙的背后的确还有墙。
你随便一指就是一座碑，有字的，无字的，
都挺拔得好像我从来就没有过故乡。
它们是雾也是扎进肺叶里的针。那晚，
你提议，要我把黄鹤楼写成一首诗，
一团阴影就逐渐拉长成形。它吞食
我看到的每一个灯笼，每个窗中
的剪影，从每个傍晚都偷走些金色，

直到今天早上，它的飞檐伸出了梦境，

刺破每一个我们吹大的气球。

2021.3　赠涵平

回到成都指南

伟大是说事情都只像个开端:
拔出瓶塞时,你也拔出了你的影子。
月的阴影只寻找缝隙间长大的人。
原谅我总这么说,朋友,
每次你从北方回来,都是满嘴的沙石。
这是场伟大的撤退,让我们从陆地
退回海里:你好羊肉,而我喜欢吃鱼。
就好像红藻泛滥的,不只是
某个遥不可及的海面:每一口,
都是血红中一艘窄小的船。
而说到浮游,那些酒客,
啃不动骨头,正忙于他们的烟。
烟,是说有伟大的事情正在开端——
你听见宰羊了吗?它们的下水
也将流向成都,火锅之城,
酒劲将让我们揉顺玉林的肠。
你记得鸡汤,鸡肾,雨后蹩脚的
菜市,我们撇去白日的浮油,
一瞬间,杯底涌起青苹果的气息。
青苹果,是说清醒总无可避免。

无可避免,朋友,即使忧伤

正渗透我们川北的防线。

2021.3　赠亘雨

暗室的曝光指南

奇峰峻岭的意义不大,我更关心
攀爬的方式、目光的需要:
在向你接近的过程中,折叠
你胸前的断桥。和一场及时雨
浇灌我体内破土的弹簧:
玉牌在细节的腹中膨胀。
你不用红线捆我,
但古老捆绑我们的赤裸;
你透过针孔吻我,
五个脖子都很清瘦。
都伸长了胳膊,就好像
之前的孤独还能开凿
新的运河:我们描述它
如何从快门泄洪,你的四壁
正虚弱于成影的冲动。
我打开门就是山顶,
也就是那次我认出了你,
那一次,穿过漫长的相纸、
你出生的小镇,你笑着
在风铃底下显影。那列快车:
你走走停停的小臂,终于

铺直了我放学的小路。

逼仄的文具店前，我第一次

开口：我所有失败的画作，

当我把镜头抬向天上

我的第一次恍惚，蓝白

相间的你的忧郁是我的校服。

2022.3　赠子欣

漏网之鱼指南

当你说你的理想是成为漏网之
鱼的时候,我几乎忘了游泳。
这之前,我习惯于在深海
吐泡泡,记忆里不曾搁浅渔船;
我对蜕壳的节律更为熟悉。

你说,鱼只能游出它
意识到的网,这当然没错。
事实上,如果鱼的胆子够大,
海洋就会成为最大的网。
话里的意思,是如果胆子真大,
鱼就是鱼最大的网。

我无意谈论成为蜥蜴的话题。
很显然,语言这张网
现在已经成了我的胆子。
而我所希望的,是将来有张网
能胜任我们共同的胆子。

我猜不出你会犹豫什么。
在猜测的气泡浮出水面之前,

我的犹豫,都深深矛盾于那片

缺乏生活的沙滩也会不会

缺乏让我们上岸的冲动。

2021.1　赠寰哲

你放下的都在缓慢上升指南

我该如何解释:疼痛补全了我,
像涨开一颗种子。拿起笔,
我怀疑你亦有如此感受,
像握住谁的手,土松动了土。
“春天”这个词已掏空了自己,
每天都可以是节日,都是
恋人们挽起城镇空荡的街道,
一桌菜成熟在乏力中,都是我们
扔出的摔炮,有时它不响,
我们便得以短暂地迟疑
丈量你我的度量是否已然失效。
你肯定经历过:那一瞬间
惊恐于无法抖落的爆炸,
但爆竹声从很远的地方传来——
饱餐后起身,突然的下坠,
都是旧衣服被攥得太紧,都是
绵延的稻草,因为你的手腕
在空中与负重角力过,每只塑料袋
都纪念一次成功的跳伞。掌纹
都是回家的路,每次概括
都是指甲的修剪,毕竟

你已站在田野间。所以绿不绿
责任真不在你,你只是熟悉了另一种
冲动:手舒展过,但也涨得通红。

2022.2　赠葭苇

小声的重唱指南

第一声真的很勇敢。所以第二声，
你就识破了那些迂回与转折：
手指在舌尖的碎步，
琳琅满目中不必认出它们。
但必须承认：目前，我们的声音
还很微弱，仅能唤醒午后
沙哑的皮肤，还有窗外皂角的
注目。不如在巷尾租间屋子，
不装门不要窗子，偶尔
辨认蔬菜新鲜的喊声；养一只猫。
看他出走，又挂着铃铛回来。
一定有首小调，足够清脆，
能翻过围墙，铁丝和碎玻璃
赞颂过春。我参加过
观鸟协会：白鹡鸰，水漂的化身，
枯枝耳畔很清澈。这几天
走在街上，蜡梅已开始练习
它澄黄的挑逗，一小截身姿
即香气绕梁。昏暗的房间，
有风灌进这个时刻：

你开口却静默,巨大阴影

舔舐两根滚烫的铁烛。

2022.1　赠子欣

优雅地抖掉我们平庸的寂寞指南

擅长诡辩的人不屑于说谎。
所以,听我的,不要
盘踞在积木的中央。
但也不必拒绝造物的游戏,
一天之中,引力几次变弱,
眼下它们正筹备着包围城市。
你可以修条路,但必须弯曲,
因为不断回头是种破坏规则的冲动。
速度能创造直线,但回声
仍可以和你撞个满怀。
跑累了,你就成了蚕,
为了茧吃掉绿色的睡眠。
我曾经在屋顶花园种过桑树,
也养过鸽子,每天
耳边都敲响过期的钟声。
你可以从屋顶向插翅的浴缸跳伞。
你可以放下银色的针线,你的
毛线帽,喉咙发痒的冬天。
如果条件允许,一杯温水
往往会成为最大的哑谜。
开水则更好,它勇于承担

没人能承担的紧迫。
也就是说,水比酒活得清楚。
当然,我也不拦你,一掷千金,
吞下旋转的火。透过火焰,
你可以朝俯瞰你的一个星球说不。
古老的注视是上佳的借口。
所以,丁脆,你挑个雨夜,
像打开城门一样打开你臃肿的衣服。

2020.12　赠一平、岱锦

辑四　必要的高悬指南

可能的世界指南

我已疲倦于营造如此的错觉：
你再见到我时,就好像
推开了两个紧挨的词。
你面对未知会且只会微笑
一次。为此,我在每座
你没去过的山前都装了扇门,
以便你用猫眼窥视
我生命中的花豹,
和它比礼貌还圆的斑纹。
我在半山腰放飞结论的气球,
证明我的确是来过;
我扔掉了所有的钥匙。寓意
失去了的你还能再失去
一次。所有曲折的小径都
通往你已被暗示过
瀑布倒流的意思。明白了吗?
起源于凶猛与汹涌间
幢幢树影的你登高的冲动,
才是实际构成了你我的虚指。

2021.7

再次的俯瞰指南

看瓢虫从它背上的红里找到多少斑点,记忆的
缺口:攀爬在树枝的皱纹间,再次寻找

你面容中被垦除的贫瘠沟壑,能证明
母亲对过去说谎的线索:一个长句,你提灯笼

巡视深深浅浅的城墙,一匹竹马,云中
投下晃动的阴影,森林的拨浪鼓搅动

一场暗示,在铁皮小屋背后,在被拉长的
开端,我埋下一颗种子,就要扯去一根头发。

2022.1

点石成金指南

我一眼就看到你。乌煤般的童年，
我们不说话。你拍我时，
肩头很神秘；没见过雪的我们，
也曾为了变得不同而着急。
不论如何，这首诗，总归还是总结了
我们如何从泥坯化身氯气；
消毒液，洁厕灵，而试管中的雾，
我们把它叫作机器：每天
我们都是如何擦拭自己的身体？
十四岁，我第一次正视月亮，
第一次透过镜子，在我的背光面，
找到了陨石的痕迹。我不确定
事情的真实性，但一个老人，
他总把我叫作另一个人的爱人，
他说，只要我吞下嫉妒，那块
不可能的石头，皮肤就能再次光滑：
我一度把胃别在腰间，虔诚至极。
你是否惊诧于我的迟钝？
那在光下沐浴过的，就不可能
再被水所清洗，我的锈迹很深了——
收集玩具的男孩，也收集破损的容器。

他说:“借我些铜吧,让我刮下
你脊柱的碎屑,让我刻下你
肚脐旁青色的吻痕——
我是所有诗人的诗人,
没有我不占有或诅咒的名字。”
你抚摸过树皮吗?或者鹅卵石?
你的手镯,云的坟墓,让我们痴迷的
冰冷,也不会柔软于玉石俱焚。
我不确定事情的真实性,但
我们保持的缄默,正让某个词
变成枯木上的一缕烟——
你的白银镜子,能否反射出
我被烧毁的第二张脸?
“他们的童稚长达百年,
他们鲁莽且危险。”

2021.2

变身迪迦奥特曼指南

你曾在学校楼道和小区中庭变身。
那时氨气还没从气味里分离:
我们含混的天赋,还没被浅蓝色
丝带捆扎,做成节日礼物,寄给放学后
拐角的蛋糕店。每个结都记得一个手势;
每个手势,都等待你曾发射的一束光。
耐心是我们最持久的饥饿——
等樱桃花在白奶油上开腻了,
你才学会爬上泡桐树,翻过围墙:
为了不让阴影撞破纸壳的城市,
阳光下,你站成一座金字塔。你的姿势
一度是巨人的路标。你一定没料到,
差一点,你就蒸发了世界上所有的假:
我见过你那天的照片,眼睛眯成缝,
我看见火炬悲伤成冰淇凌的形状。
我看见你看着同学们排队,坐上
南瓜船,进入收割梦的磁场。
你关上电视,嘴里还含着一颗
中药过后的硬糖。甜味很像水漂,
越往后,踏步的间隙越大。
扔向天空的都在彩虹尽头消失,

大小之间，飞船也都重新变成积木：
你学会另一种有关石头的神话。
比如金子和盐都是珍贵的。
现在，你坐在沸腾的火锅店，
它们就在新的风暴中螺旋上升，
一种你将会品尝的咸味
会在不经意处绽开，那些小小的
绽放里，那些霓虹灯的暗处，
你会短暂记起变身的法则，
交叉双臂，向胸前闪烁的灯火。

2021.4

牛津指南

牛津就是:有好多人
在天亮以前
拼七巧板。

七巧板就是:睡前故事里
没有了头的
玩具锡兵。

比喻是一头刚刚
告别驯化的小狮子。

小狮子就是:一个词
就只应该有
一个意思。

2018.5

追上书中的傻了和姑娘指南

你读了一晚的书：就像书里说的，
有好多朋友，要去南方的岛上过冬。
今天，当你睡去又醒来，你翻过
的每页书，都像你办理的手续。
此刻，站在斑马线前，你像极了
过海关的背包客，连比带画——
“我对斑马一无所知”，能不能
算作你入境的证词。而此刻，
漫天翻飞的，是外国语般的雪：
它们让人想起死者，前提是
你读过乔伊斯。国境线的那边，
你并不介意她躺着，自然地流血。
你们牵着手，说温柔的词语，
蛛网的话——“那样就十分美好”，
以至于她的眼睛都像是在说：
“我们本能够幸福地度过一生的。”
此刻，如果街对面有人叫你的名字，
你不用等绿灯亮了才开始跑，
一路跑赢信号灯、旧情人，
跑赢金银花的气味，跑赢一抬头
我们都是被选中的孩子，跑赢

我们赖以生存的青春的手
不断翻页的速度。喘气的时候
大家平等,后来就有人开始说话。
喧哗的雪里,你看见街对面
有两个吃雪糕的男人。而此刻
你必须承认,就连你也不可能想出
比这更精妙的对甜味的抵抗。

2021.1

纵火又或者燃起你的篝火指南

很远处,你已点燃一座房子。
这场火离你还有距离,但最后的
最后,它会烧碎你的身子。
你留了条缝,一道半开的门;
你撕开私人黑洞的包装纸。
它湿烫的舌头舔过你生活中
不慎露出的尾巴;你的脸
红过多少次,暂时还不重要,
毕竟你一个眼神就能出卖
到底有多少个房间瘫软在温暖中,
等待一根银针。如果你说童年,
那我说的篝火就是每一刻
都有一场婚礼盛大在
我们生活的边缘。
礼花耀眼。我说的纵火,
就是你正封闭在急速下坠的
放空中,像电梯里自燃的
电瓶。击鼓传花中,
比接受更重要的,是你现在
也发出了这危险的邀请。
短暂的量产你仍会两手空空。

闹钟会成为频繁的天敌，
但你我的早就调成了振动。
也许你还会拔掉一颗
智齿，适可而止，
那你现在是禁忌的舒适。

2022.3

必要的高悬指南

我有无边境的混血，白线
划定悬垂和并置：
让纯粹的野兽松弛。
让风土统领风味：阴翳
放下昨日的黑旗，黄油和盐
是今天的轮值主席。
喂养你，贫瘠代替奇迹。
早慧就是让经验偶尔补充词语。
硬一点，还能鼓起让人
羡慕的形体；生疏，
但的确修补过我生活的引擎。
你说的轻佻或许可以，但乏力
一定不行：你的虚荣亦是你
流窜的中心。不管远不远，
天低楼高有神仙：
一些不欢而散，一些灵感，
一些必要充分了浪漫。

2022.2

走出屏幕指南

你迷恋它时，它也孤独着你。
颜色绚丽，意思是温度
你最好只能看见。它打磨你的脸；
你伸手，就好像只有坚硬，
才能温柔绝美的瞬间。它是你
掷向沉默的榴弹，滑动手指
就能把它点燃。但别恋战：
隐秘的通道一旦被焚毁，
即使是前线，也一定会在某刻
安静得你已不知道自己是谁。
它就教导你，唯一的满足是永不满足，
它变出的世界，往往能丰盈
好几个四十年都走不出的下午。
心离悬崖的距离将以秒计。
你起跳的姿势会很迷人，
就好像永恒已羞涩了你的恐惧。
很难说我落水了几次，
但我逐渐坚定于我的预感：
当我告诉你如何走出屏幕时，
你也正教我该如何走出这首诗。

2021.3

那么请接受这最后的致意指南

冲向虚无抵抗阵线时，
我骑单车，而你骑的是马。
天府大道两旁都已开满了花。
这也许就是最后的春天，
请留意这反常的天气
缺席的雨；请脱下你已穿上的
惯性。请忽略四四拍的指挥，
以及他挥手时戴没戴袖章，
但不必收起迟疑的马蹄：
你固然有好的技术，但“什么是
领悟”会决定你的节奏
能否在这强壮的春天放手：
你能不能赶上你被遗忘的速度？
请对疾走而来的夜行人保持礼貌，
别告诉他你只是散步；
请试着对出墙的探头微笑，
绕过自己，温柔于它的平庸。
请接受这最后的致意，放下望远镜，
坐上今夜的跷跷板。

2022.4